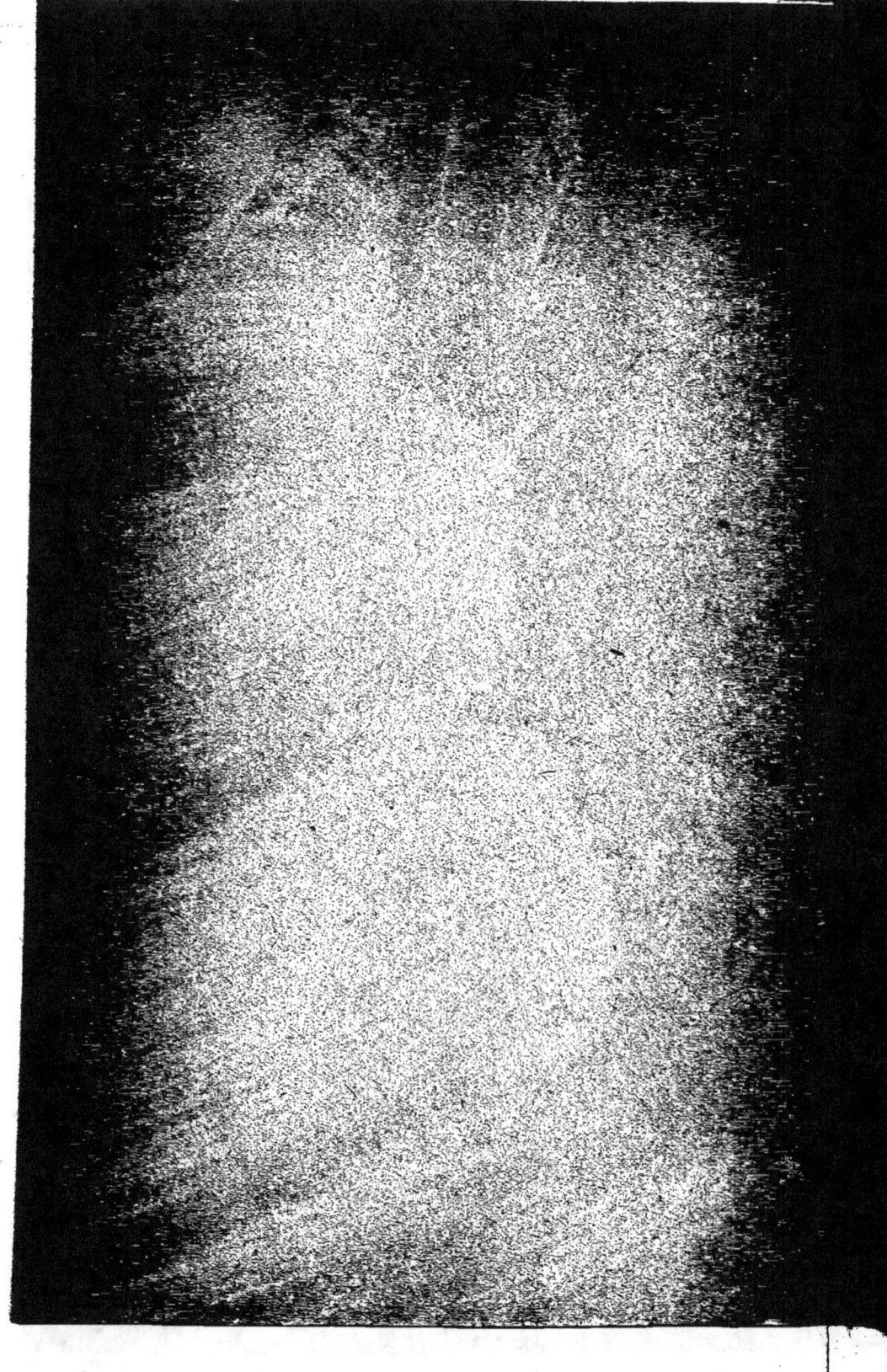

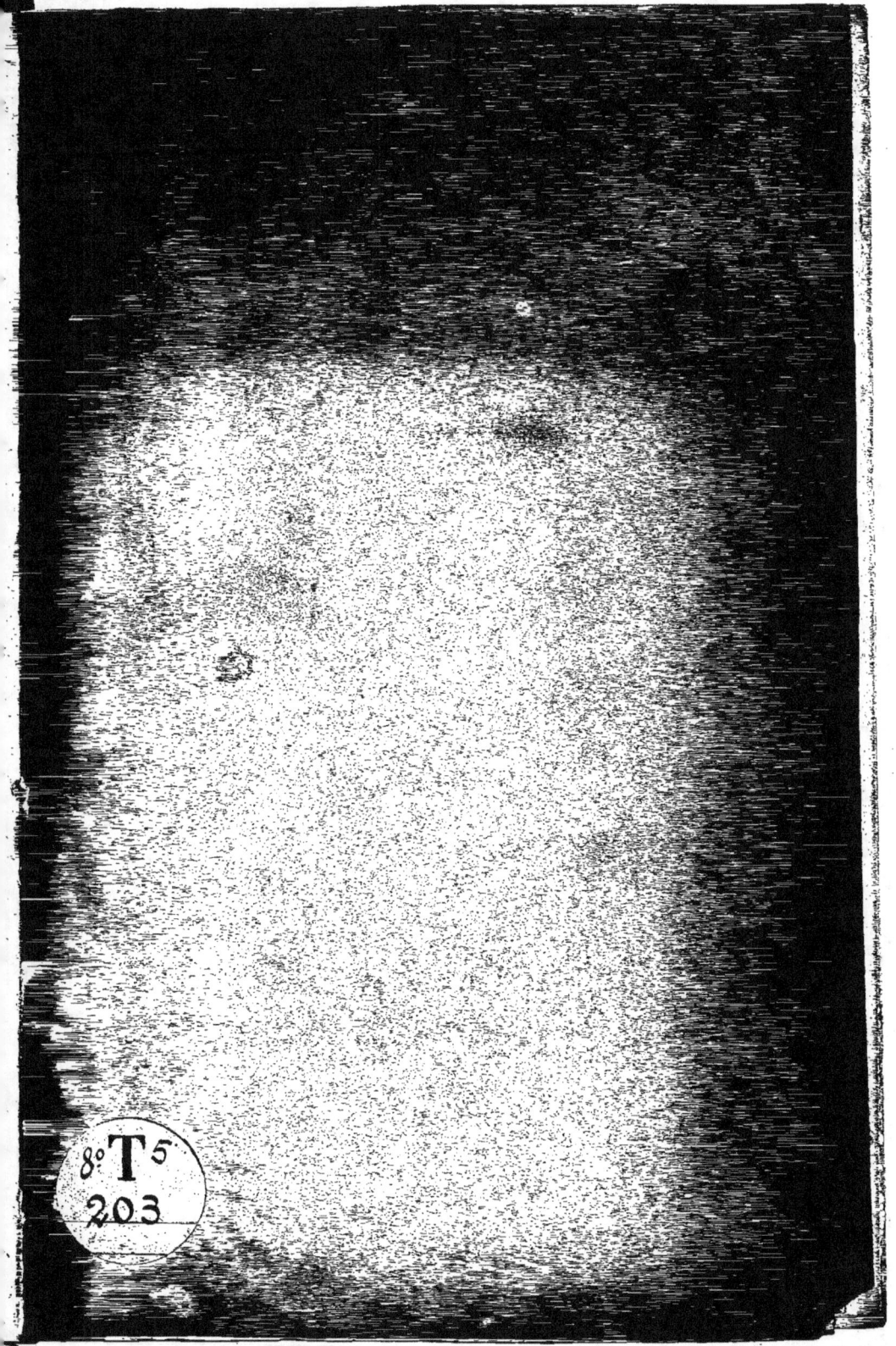

ACADÉMIE D'ALGER

LA
MÉDECINE HIPPOCRATIQUE
EN ALGÉRIE

DISCOURS

PRONONCÉ

A la Séance solennelle de Rentrée de l'École Préparatoire de Médecine et de
Pharmacie d'Alger

PAR

Le Docteur TEXIER
PROFESSEUR DE CLINIQUE INTERNE

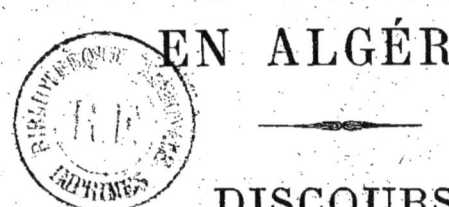

MONTPELLIER

BOEHM & FILS, ÉDITEURS DU MONTPELLIER MÉDICAL
Place de l'Observatoire.

1862

LA

MÉDECINE HIPPOCRATIQUE

EN ALGÉRIE

«Si, comme l'affirme la tradition, les premiers noms célèbres qui firent retentir la renommée médicale de Montpellier naissant, appartenaient de près ou de loin aux savants praticiens que l'invasion arabe avait entraînés à suite, en Espagne et jusque dans notre propre France, quel prix n'attacherait pas la docte Faculté dont, chaque année, les représentants président notre session d'examen, à sacrer, à son tour, du titre officiel de médecins, les descendants régénérés de ceux-là mêmes qui ont buriné son vieil et illustre blason?»

Telles sont les paroles qu'il y a un an le Directeur de notre École prononçait, en terminant devant vous le compte-rendu annuel des travaux de l'École de médecine d'Alger, dans sa séance solennelle de rentrée de 1860; ces paroles étaient accompagnées du vœu bien légitime de voir bientôt les Indigènes venir chercher près de nous l'instruction médicale dont ils ont besoin pour exercer près de leurs compatriotes l'art si difficile de guérir.

Le choix d'un sujet de discours est chose toujours délicate, surtout pour nous médecins : car si d'un côté, et pour nous conformer à l'usage, nous devons traiter un point afférent à la science, l'art ou la philosophie médicale, d'un autre nous de vons éviter de nous montrer trop arides pour un auditoire qui n'est pas exclusivement composé de personnes adonnées à la pratique de la médecine. De plus, ayant, dans un pays neuf encore, à prendre la parole devant des administrateurs animé du zèle le plus vif pour la prospérité de la colonie, il nous paraissait nécessaire de toucher, en ce qui concerne notre art, à ces grandes questions qui s'agitent sur la colonisation. Aussi vous avouerai-je que toutes ces considérations me faisaient regarder comme plus effrayante encore la tâche déjà bien lourde qui m'incombait de vous entretenir pendant quelques instants. Mais les paroles que je citais en commençant m'ont indiqué la voie que je devais suivre.

Je sais que parmi les confrères qui m'ont précédé dans la chaire que j'occupe, un surtout aurait eu mieux que moi qualité pour vous parler de notre École de Montpellier, et vous dire, ce que j'essaierai de faire, que c'est surtout sur cette terre classique de la fièvre que la doctrine d'Hippocrate trouve ses plus beaux cas d'application. Mais puisque ce collègue est retourné occuper dans le sein de notre docte mère médicale la place que ses succès académiques lui ont glorieusement conquise, j'ai cru qu'en lui succédant dans l'enseignement pratique de la médecine, je devais hériter de cette dette de reconnaissance, et venir, ainsi qu'il n'eût pas manqué de le faire, rendre à nos anciens maîtres un hommage public de notre gratitude pour les conseils qu'ils nous prodiguèrent en guidant nos premiers pas dans la carrière si difficile de la médecine :

et cela, en essayant de vous démontrer l'excellence des prin-
cipes enseignés par le divin Vieillard de Cos et leur appro-
priation spéciale au traitement des maladies de l'Algérie.

Malgré la longueur de ce début, je serai bref, Messieurs,
et je ne ferai que vous esquisser à grands traits les preuves
que je veux vous donner à l'appui de ma thèse.

Le général qui porte la guerre dans un pays inconnu, cherche avec le plus grand soin à se rendre un compte exact de
la topographie du terrain sur lequel il va agir : dans ce but,
il ne néglige aucun moyen pour arriver à connaître la nature
de chacun des obstacles qu'il pourra rencontrer; il cherche,
en outre, à savoir où il trouvera de l'eau, du bois, en un mot
tout ce qui lui est nécessaire pour faire subsister son armée
et l'établir solidement. Eh bien ! Messieurs, le médecin vrai-
ment digne de ce nom, qui arrive dans un pays nouveau pour
y exercer son art, doit agir de même. Il a, pour le diriger dans
son œuvre, le meilleur guide qu'il puisse souhaiter : c'est la
collection des œuvres hippocratiques; car, ainsi que le fait
remarquer Littré à propos du *Traité de l'air, de l'eau et des
lieux*, « les idées consignées dans ce traité constituent un
ensemble digne de toute notre attention, et la doctrine que
l'on y trouve développée est un des plus beaux héritages
que la science moderne ait reçus de la science ancienne. »
Que le médecin médite profondément les premiers paragraphes
de ce livre immortel; qu'il se pénètre bien des avis que lui
donne le Père de la médecine, et il possédera le fil le plus
sûr pour le guider dans l'étude des maladies qu'il aura à combattre. Sans vous énumérer tous ces conseils, je me conten-
terai de vous indiquer succinctement quelques-uns des princi-
cipaux d'entre eux : Hippocrate recommande au médecin nou-
vellement arrivé, de s'enquérir surtout des saisons de l'année
et de leur influence respective, des vents qui règnent d'habi-

tude dans le pays, de l'exposition de la ville par rapport au lever et au coucher des astres, de la qualité des eaux, du genre de vie des habitants ; alors seulement il connaîtra facilement les maladies tant locales que générales et n'hésitera pas dans leur traitement. « Si l'on objecte, traduit Littré dans le livre que je cite, que tout cela est du ressort de la météorologie, on comprendra avec quelque réflexion que l'astronomie, loin d'être d'une petite utilité au médecin, lui importe beaucoup, car l'état des organes digestifs change avec les saisons. » Du reste, un exemple nous fera encore mieux comprendre ce que je veux dire. Si l'auteur considère une exposition de ville, — et nous prendrons celle au Levant qui nous intéresse le plus, puisque c'est celle d'Alger, — il nous dit que les villes bâties dans cette direction sont plus salubres que celles qui sont exposées au nord ou au midi ; que la chaleur et le froid y sont plus modérés ; que le soleil y corrige la qualité des eaux en dissipant à son lever les brouillards qui d'ordinaire occupent l'atmosphère dans la matinée ; que les habitants y ont en général une complexion meilleure ; que les maladies régnantes ont de l'analogie surtout avec celles des villes exposées aux vents chauds, bien que la température y ressemble surtout à celle du printemps. En parcourant ce rapide exposé, ne semble-t-il pas qu'on lise une description du climat d'Alger écrite d'hier ? Cependant, Messieurs, cela date de vingt siècles, et a été écrit pour la Grèce. Ne semble-t-il pas que Virgile ait voulu parler plutôt de notre Afrique française que de sa propre patrie, quand il a dit dans ses *Géorgiques* :

Hic ver assiduum, atque alienis mensibus æstas.

Aussi, je crois que l'on doit s'associer au vœu formulé par le savant traducteur des Œuvres d'Hippocrate, quand il dit, au sujet de ce même *Traité des airs, des eaux et des lieux* ;

« Cette étude a reçu, toute proportion gardée, moins de développements parmi les modernes qu'elle n'en a eu parmi les anciens » ; et plus loin : « Ce traité, composé pour un horizon bien limité, devrait aujourd'hui être refait sur de plus grandes dimensions. »

N'allez pas croire qu'en citant ici Hippocrate j'aie voulu faire la critique de la médecine moderne au profit de celle des anciens ; non, Messieurs, car, parmi nos contemporains, les plus illustres se plaisent à rendre hommage à ces doctrines que je signale.

Je n'en veux, pour preuve, à propos du traité que je vous ai cité, que l'opinion émise en 1838 sur une question de zoologie, par Geoffroy Saint-Hilaire, ce savant illustre que la mort vient de ravir prématurément à la science, lorsqu'il démontrait que les animaux domestiques qui parmi nous présentent tant de dissemblances, les doivent aux conditions diverses auxquelles la volonté humaine les soumet, et que ces dissemblances s'effacent par le retour à l'état de nature, ainsi qu'on le voit par les chiens et les chevaux sauvages de l'Amérique, issus d'animaux primitivement domestiques. Il ajoute à ce sujet : « Pour les races humaines, comme pour les animaux domestiques, les modificateurs sont toujours les circonstances locales, notamment l'habitation, le genre de vie et le régime diététique ; les effets des variations, d'abord dans la taille et dans la couleur, puis dans la proportion et dans la forme des organes. »

Bory de Saint-Vincent a dit dans ses *Études géologiques,* et Maury a depuis prouvé de mille manières par les lois qu'il a posées, que le principe d'unité géographique, l'élément classificateur sera de plus en plus cherché dans le *bassin maritime* où les eaux et les vents créent la relation et l'assimilation des bords opposés. On demandera moins cette idée d'unité aux montagnes dont les versants opposés, souvent en contradiction, offrent sous la même latitude des flores et des populations différentes. Si nous voulons appliquer cette vue de génie au cas particulier qui nous occupe ici, nous serons tou forcés de reconnaître que l'Espagne du Sud ressemble davantage au Maroc qu'à la Navarre, et que la Provence a plus de rapport avec l'Algérie qu'avec le Dauphiné.

La botanique viendra aussi nous apporter son contingent de preuves à l'appui de la ressemblance que je vous signale entre les divers points du littoral méditerranéen. Pour s'en convaincre, il suffit de lire une brochure de M. Charles Martins, professeur d'histoire naturelle à l'École de médecine et directeur du Jardin botanique de Montpellier. Cet ouvrage, remarquable à plus d'un titre, intitulé modestement : *Promenade botanique le long des côtes de l'Asie-Mineure, de la Syrie et de l'Hydaspe, à bord de l'Égypte*, est rempli de faits à l'appui de cette opinion ; si nous voulions en citer un seul, il nous faudrait citer le livre entier.

Que l'on ne suppose pas que je veuille donner une importance exagérée à ces dernières preuves, je ne fais en cela que suivre l'exemple d'un de nos plus savants confrères de l'armée, M. le docteur Boudin, quand, à propos de l'analogie pathogénétique qu'il tend à établir entre le choléra, la peste, la fièvre jaune et la fièvre marématique des pays chauds, il dit que : s'il est d'observation que certaines latitudes, certaines saisons, et peut-être aussi un concours d'autres circonstances, favorisent le développement des trois maladies dites pestilentielles, il ne serait pas impossible que ces diverses influences ne produisissent ce résultat pathologique qu'en aidant le développement de la végétation spécialement apte à ce but.

« Il est bien remarquable, dit Schœnbein, qu'à l'extrémité

occidentale de l'Europe, aux environs de Cadix, où l'on a observé pour la première fois des végétaux américains, là aussi se soit manifesté pour la première fois le typhus américain (fièvre jaune). » En ce qui concerne l'apparition de l'endémie pestilentielle en Égypte, vers le milieu du vi^e siècle, Forskal, Brown et Gérard ont montré, par l'exemple de la vallée du Nil, comment une flore étrangère, importée par la culture, peut faire disparaître presque entièrement les plantes indigènes.

Ainsi, vous le voyez, Messieurs, tous les faits que nous empruntons à la science tant ancienne que moderne, tendent à prouver que le littoral méditerranéen a une physionomie semblable dans toute son étendue, et que de cette similitude d'aspect, de climat, de productions terrestres, découle nécessairement la conformité dans la forme et le fond des maladies.

Si je n'avais à parler que devant des gens du monde ou des savants, les preuves que je viens de donner établiraient, et au-delà, la vérité de ma proposition première ; mais je ne dois pas oublier que parmi mes auditeurs je compte des élèves en médecine. Un certain nombre d'entre eux iront, dans un temps plus ou moins prochain, exercer leur art dans divers points de notre colonie, et pour eux je crois utile de donner une preuve de plus de la ressemblance qui existe entre la Grèce antique et l'Algérie moderne, au point de vue de la pathologie. Cette preuve, je l'emprunterai au livre des *Épidémies* décrites par Hippocrate.

Pour le médecin déjà versé dans la pratique de son art, il suffit de lire les immortels traités que je viens de citer, et de suivre la marche des maladies qui règnent dans notre pays, pour être convaincu de la parfaite similitude qui existe entre ces divers états pathologiques ; mais à vous, Messieurs les

Élèves, il vous faut des arguments plus convaincants encore !
En première ligne, nous avons ceux que nous fournit chaque
jour l'examen des malades dans nos salles de clinique ; puis
viennent les descriptions données par les auteurs des différents
âges et des différents pays. Et, il faut le reconnaître, ce sont,
dans ces derniers temps surtout, les mémoires médicaux de
nos valeureux et savants confrères de l'armée et de la marine
qui nous ont le mieux démontré l'identité pathogénique des
affections qui règnent d'une manière endémique sur tous les
points du littoral de la Méditerranée. Qui mieux, en effet,
pouvait accomplir cette tâche ! Personne. Médecins voyageurs,
transportés à tout moment par les hasards de la guerre sur
les points les plus opposés de cette mer intérieure, ils ont com-
pris la grandeur de leur mission scientifique, et n'y ont pas
failli. Hommage donc à ces travailleurs consciencieux et in-
fatigables, qui, au milieu des périls sans cesse renaissants d'une
lutte souvent implacable, ont su trouver le temps de recueillir
et de coordonner les faits qui s'offraient à leur observation ! Que
nous les suivions en Grèce ou en Algérie, aux premiers temps
de la conquête, dans ces rudes expéditions de Kabylie, ou pendant les glorieuses campagnes de Crimée et d'Italie, nous
sommes sûrs de les rencontrer toujours, combattant d'une
main les épidémies qui décimaient nos armées victorieuses, et,
alors que chacun se reposait des fatigues de la lutte, rédigeant
des mémoires pleins de vues fécondes et destinés à faire briller
d'un plus vif éclat l'art si noble qu'ils exerçaient ! Aussi com-
bien ont payé de leur vie les fatigues inouïes qu'ils s'étaient im-
posées par le seul amour de la science !

Mais il est temps de revenir à mon sujet, dont je me suis
un instant éloigné, pour vous parler de ces sources où vous
pouvez sûrement puiser l'instruction médicale que vous venez
nous demander,

Les maladies décrites par Hippocrate, dans le premier et dans le troisième livre des *Épidémies*, sont celles que nous avons le plus souvent occasion de voir et de combattre sur le sol du Nord-Afrique. Lisez attentivement les observations rapportées dans ces traités sublimes, commentez avec soin les réflexions qui les accompagnent, étudiez consciencieusement les travaux des continuateurs et des commentateurs d'Hippocrate, et vous acquerrez la certitude que les fièvres *hémitritées* du Père de la médecine, ses fièvres continentes et continues, ses πυρετοὶ ξυνεχέες, comme il les nomme, ne sont autre chose que ces fièvres pernicieuses à formes diverses qui, chaque année, déciment les colons de la plaine. Si vous interrogez avec soin les malades qui viendront vous demander la guérison de leurs maux, vous verrez qu'ils ont été tous exposés aux mêmes causes atmosphériques ou diététiques que celles auxquelles étaient soumis les malades dont Hippocrate a rapporté l'histoire dans le livre dont je parle. Vous pourrez, poussant plus loin l'étude de ces cas, vous convaincre que tout ce que vous voyez a été décrit ; et vous pourrez alors poser avec connaissance de cause, et votre règle de traitement et votre pronostic ; car n'oubliez pas surtout ce conseil du divin Vieillard : « Moi-même je hasarderais beaucoup de prédictions, si je n'avais pour principe de n'écrire que des choses parfaitement constatées. Aussi recommandé-je fort de mettre dans les prédictions, comme en tout, une extrême réserve. Car, si prédire et rencontrer juste est un moyen de se faire admirer des malades, en revanche prédire et donner à gauche en est un plus grand de faire haïr sa personne et douter de sa raison. »

N'allez pas croire que j'aie fait ici des rapprochements forcés ; vous trouverez les mêmes idées émises dans les œuvres immortelles de Grimaud, de Torti, de Barthez, de Sydenham, etc., parmi les classiques anciens, plus près de nous dans ce recueil de Mémoires des chirurgiens militaires dont je vous parlais tout à l'heure. Écoutez du reste ce que dit l'un d'eux, le docteur Boudin, si compétent sur cette matière. « On se tromperait fort si l'on ne voulait voir l'intoxication des marais que dans les fièvres intermittentes ou hémitritées d'Hippocrate; les fièvres continues et continentes du Père de la médecine, loin d'appartenir, comme on l'a cru trop longtemps, aux fièvres typhoïdes du nord de l'Europe, ne sont autre chose que la formation continue de la fièvre des marais, telle que nous l'avons observée, non-seulement dans le nord de l'Afrique, mais dans cette même Grèce, lors de l'expédition de Morée de 1828. »

Dans son *Traité des fièvres ou irritations spinales intermittentes*, ce livre que Littré déclare lui avoir été d'une si grande utilité pour arriver à comprendre les maladies décrites dans les *Épidémies*, M. Maillot, un des médecins les plus distingués de l'armée, élève de Broussais, exprime à diverses reprises et sous diverses formes son étonnement de ne plus retrouver, dans le bassin méditerranéen, les maladies qu'il était accoutumé à observer en France. Témoin le passage suivant de son livre, qui contient des remarques sur une observation de fièvre pseudo-continue : « Ce malade ne présentait que des signes de gastro-entérite légère au moment où il entra à l'hôpital. Cette affection paraissait donc très-peu grave, et il était impossible de prévoir ce qui est arrivé. Quel contraste en effet et quel défaut de concordance entre des symptômes si bénins et une mort si prompte! Mais les accidents de cette nature se représentaient à chaque instant à notre observation en Afrique; aussi le traitement dit rationnel dut-il être abandonné pour tenter une autre voie. Voilà comment, pour mon propre compte, pratiquant la médecine antiphlogistique pure, à mon arrivée en Corse, je suis venu progressivement à croire fermement qu'il faut, dans le cas dont je parle, administrer le sulfate de quinine à haute dose aussitôt, pour ainsi dire, qu'on approche le malade.» Et à propos d'un autre fait du même genre : «On chercherait en vain à trouver, dans ce qu'a de spécial cette maladie, quelques analogies avec ce qu'on observe dans les gastro-céphalites continues. Jamais dans ces dernières on ne voit l'état algide, qui est venu si brusquement ici déterminer la mort. Ce sont là des faits à peu près inconnus hors des pays chauds et marécageux. Lorsque, d'une part, ces étranges accidents se multiplient à l'infini et deviennent presque toujours mortels, si l'on n'oppose dès le début que les antiphlogistiques aux affections continues de ces dernières localités; lorsque, de l'autre, ils sont souvent prévenus et enrayés par la médication propre aux fièvres intermittentes, n'est-on pas en droit de les considérer comme étant de même nature que celles-ci, malgré les analogies qui tendent à les ranger parmi les affections continues?» Quelle bonne foi admirable dans cet aveu, et que l'on retrouve bien là le vrai clinicien qui fait abstraction de toute idée préconçue et abjure les théories de l'École, devant la puissance des faits soumis à son observation.

«La Grèce antique et la Grèce moderne, dit Littré, sont à vingt-deux siècles affligées par les mêmes fièvres, et cela parce que les conditions climatologiques n'y ont pas essentiellement changé; car l'homme, qui en est un des réactifs les plus sensibles, y donne, aujourd'hui comme alors, la même réaction.»

Aussi, Messieurs, vous qui êtes destinés à exercer bientôt l'art de guérir dans les divers points de notre colonie, je ne saurai trop vous le redire : relisez et commentez sans cesse, et les écrits immortels des anciens auteurs, et les écrits plus récents de nos confrères de l'armée sur cet important sujet. Vous y puiserez non-seulement d'utiles enseignements pour votre pratique, mais ces derniers éveilleront en vous le désir de concourir, dans la mesure de vos forces, à l'édification de la science médicale. Vous saurez comme eux braver les périls d'une épidémie ; tâchez de savoir, de même, faire tourner au profit de la science le résultat de vos observations.

En portant au milieu des populations indigènes les bienfaits de la science médicale, vous concourrez, plus que vous ne pouvez le croire, à la conquête morale de l'Algérie. L'Arabe soigné, guéri par vous, viendra plus facilement réclamer vos soins à l'avenir ; il vous enverra ses proches, ses amis, ainsi que vous l'avez vu dans nos salles, où quelques-uns ont amené leur femme ; et vous savez ce qu'est la femme pour ces populations ! La reconnaissance occupe une large part dans le cœur de ces hommes à peine civilisés ; ils reporteront sur les vôtres l'affection que vous aurez su leur inspirer. Tâchez qu'en vous voyant faire ils veuillent, eux aussi, apprendre à soulager les maux de leurs compatriotes, et qu'ils viennent nous demander cette instruction médicale qu'ils nous ont conservée à travers les ténèbres de la barbarie du moyen-âge. Si vous réussissez, et vous réussirez en persévérant dans cette noble voie, vous aurez concouru pour une belle part à consolider d'une manière immuable les lois de la France sur le sol de l'Algérie.

MESSIEURS,

Je m'aperçois que je me suis laissé entraîner trop loin, en vous faisant part de mes désirs et de mes espérances. Il est temps que je m'arrête, pour laissser à une voix plus éloquente que la mienne le soin de vous dire ce que nous avons fait; et si peu que ce soit, je crois que vous trouverez plus intéressant de constater des résultats que d'écouter des rêves d'avenir.

En terminant, je réclame toute votre bienveillante indulgence , et je suis sûr que vous pardonnerez la faiblesse du travail en faveur de l'intention qui l'a dicté ; surtout si je vous dis avec Montaigne :

« Ceci a été écrit de bonne foy ! »

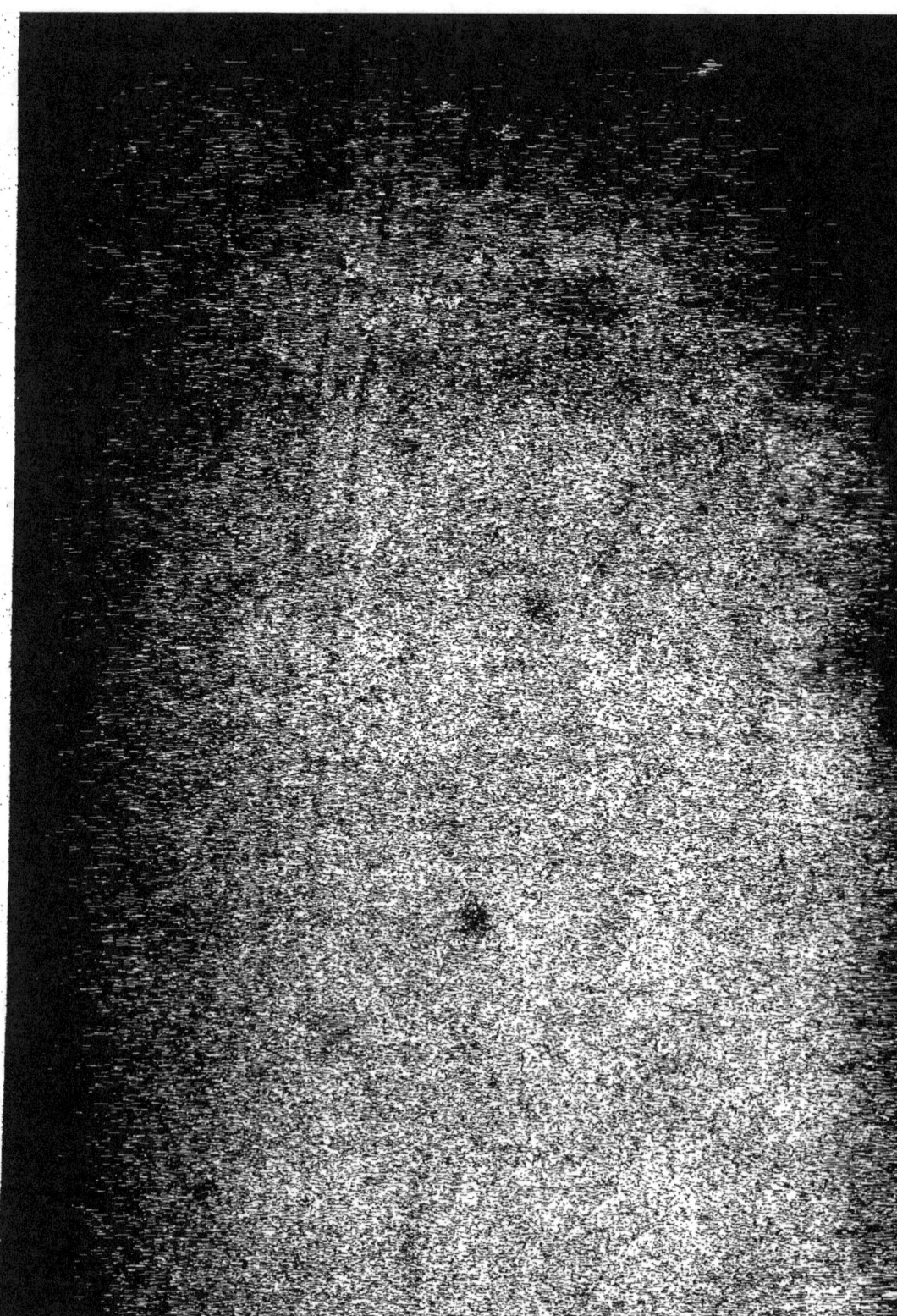

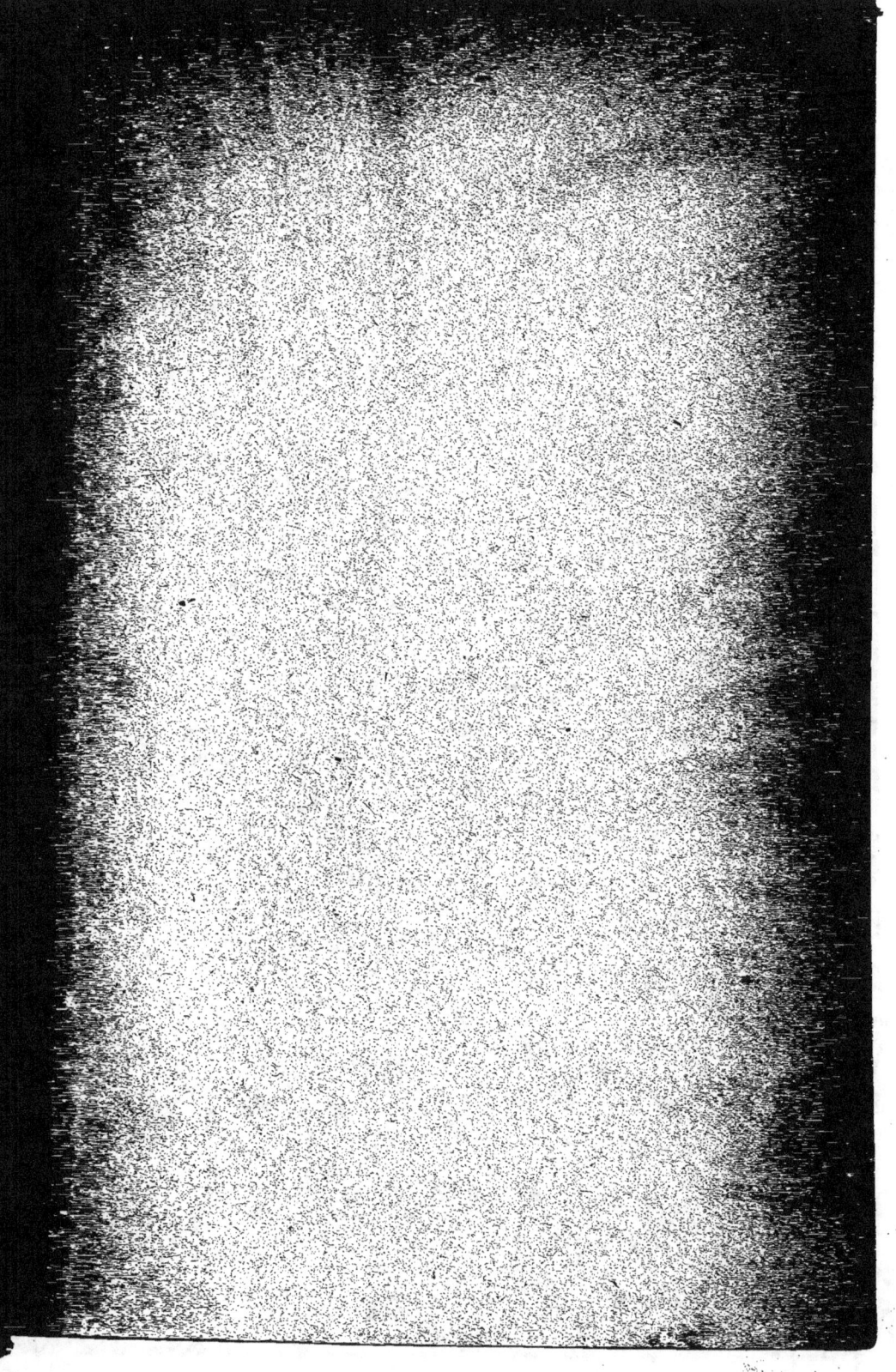

www.ingramcontent.com/pod-product-compliance
Lightning Source LLC
Chambersburg PA
CBHW061622180626
46818CB00005B/2188